향기 없는 세상
내가 먼저 당신의
향기가 되어 드리지요
당신도 나의
향기가 되어 주십시오。

2022년 초여름、나태주 씁니다。

* 이 책의 면지에 한서형 향기작가가 만든 나태주 시인의 향이 담겨 있습니다.

여름빛 초록을 담은 향기가
숲 너머 마음에 닿기를
오래도록 다정하기를.

2022년 초록여름에
향기작가 한서형 씁니다.

한서형

너의 초록으로, 다시

너의 초록으로, 다시

나 태 주　한 서 형

향 기 시 집

다블북

시향천리詩香千里 인향만리人香萬里입니다

향기는 구체적으로 형태가 없습니다. 그렇지만 분명히
존재하는 그 무엇입니다. 오히려 구체적인 대상보다 더
욱 뚜렷이 오래 이어지는 무엇입니다. 향기는 대체로 아
름다움을 표현할 때 사용되는 말이기도 합니다. 주로 추
상적인 아름다움을 말할 때 사용되는 상징입니다.

일찍이 '문자향文字香 서권기書卷氣'란 말이 있는데, 어쩌
면 향기란 말은 거기서 오지 않았나 싶습니다. 나아가,
'주향백리酒香百里 화향천리花香千里 인향만리人香萬理'란 말
이 있는데, 이 말씀은 꽃이나 술을 좋아하는 분들이 즐겨
쓰는 말인 것 같고, '차향천리茶香天里 인향만리人香萬理'란
문장 역시 다도를 즐기는 분들이 하시는 말씀 같습니다.

어찌 되었든 향기란 말은 좋은 곳, 아름다운 대상에 사용되는 말입니다. 나는 마땅히 사람에게도 향기가 나야 하고 시에서도 향기가 나야 한다고 믿는 사람입니다. 사람에게서 나는 향기는 인품을 말할 것이고 시에서 나는 향기는 감동을 말할 것입니다.

그래서 그랬던가요. 언제부턴가 나는 향기가 나는 시집을 한 권 갖고 싶었습니다. 일종의 컬래버레이션입니다. 시와 그림이나 사진, 시와 음악이나 음향은 이미 충분히 시도된 바가 있었지만, 시와 향기는 한 번도 시도된 일이 없지 않았나 싶습니다. 다행히 이번에 국내 1호 향기 작가 한서형 님을 만나 시집을 한 권 내게 되었습니다. 책을 내는 일은 언제나 행운을 만나는 일이지만 이번의 책은 더욱 특별한 행운의 책입니다. 냄새나는 책이라니! 그것도 좋은 냄새, 자연의 향을 품은 시집이라니요!

나는 향수를 별로 좋아하지 않습니다. 오죽했으면 향수의 고장 파리에 가서조차 향수를 안 사왔을까요. 그러나 한서형 향기작가님의 향기만은 좋아합니다. 우선은 마음이 편안해집니다. 살랑살랑 봄바람을 선물합니다. 설레는 마음이긴 해도 고즈넉이 설레는 마음을 줍니다. 쉬고 싶습니다. 살그머니 눈감고 싶습니다. 다시금 누군가를 사랑하고 싶습니다. 고마운 일이고 감사한 일이고 놀라운 축복입니다. 책을 만드는 데 함께한 분들에게 마음속 향기를 드립니다. 이제 '시향천리詩香千里 인향만리人香萬里'입니다.

2022년 꽃철을 발돋움하며
나태주 씁니다.

아름다운 시가 향기롭게 기억되길 바라며

시가 이끄는 대로 작업하는 경이로운 경험은 제 인생 최고의 행운이었습니다. 이 책을 위한 향을 만들기 위해 매일 시를 읽고 또 읽었습니다. 그러다 나를 먹먹하게 한 시구를 만났습니다. '초록의 풀잎으로 다시 일어서 보는 거야.'(「목소리 듣고 싶은 날」, 나태주) 이 문장이 내내 맴돌았습니다. 매일 읽고 마음에 새기고 싶은 말, 그리고 이 문장은 향기의 시작이 되었습니다.

책을 펼쳐 시를 읽는 동안 잔잔하게 배경이 되어주고, 때로는 향이 그리워 시집을 펼치게 만드는 향기를 만들고 싶었습니다. 토닥토닥 어깨를 두드려주기도 하고 안아주기도 하는 따스한 온기를 품고 있는 시어들이 향기를 만드는 내내 곁에 있었습니다.

향기작가는 내가 만든 브랜드이고 나의 길입니다. 나태주 시인님을 만나 그 길이 좀 더 넓어졌습니다. 시인님과 나눈 대화들은 매 순간 아름다웠습니다. 이 글을 빌려 존경하는 나태주 시인님께 진심으로 감사하다는 말씀을 전합니다. 이 아름다운 인연의 시작인 루치아 님과 요한 님, 한동일 팀장님께 역시나 큰 감사를 전합니다. 향기처럼 늘 곁에서 무조건적으로 응원해주는 남편 유명훈 님께도 감사와 사랑을 전합니다.

향기시집을 읽다가 향기에 취해 스르르 잠이 들어도 좋습니다. 문득 눈물이 나면 조금 흐르게 두세요. 소리 내어 시를 읽어보면 어떨까요. 시와 향이 마음에 기억에 새겨지도록. 시간이 흐르면 향이 약해지거나 더 이상 느껴지지 않을 수도 있습니다. 너무 아쉬워하지 마세요. 책이 머금은 향이 날아가서이기도 하지만 향에 익숙해져 약하게 느끼는 것일 수도 있습니다. 그래도 향이 건네는 위로는 그대로입니다.

향기를 선물하는 것은 아름다움을 선물하는 것이라고 합니다. 부디 이 책이 자신에게, 그리고 누군가에게 아름다움이기를, 희망과 위로이기를 바랍니다. 그리고 기억하세요. 나의 초록은 언제나 다시 피어날 준비가 되어 있습니다.

2022년 싱그러운 초록 곁에서

한서형 씁니다.

차례

2부

**세상에는 없지만
마음속에는 있는**

○

3부

아무렇게나 저절로
피는 꽃은 없다

○

4부

꽃 피워봐

○

1
부

혼자서도
웃음 짓는 사람이 된다

질문

어려서 시를 좋아하고 시인을 꿈꿀 때
모든 좋은 시인은 그 이름에서도
향기가 나는 사람이라고 생각했다

꽃의 향기, 나무 향기, 책의 향기,
먹의 향기, 말의 향기, 사람 향기,
어떤 향기든 향기가 나는 사람이
시인이라 여겼다

그렇다면 나태주,
오늘에 이르러 너의 이름에서는
어떤 향기가 나느냐!
조심스럽고도 겁이 나는 질문이다.

향기로

향기는
자랑하지 않는다

향기는
고집부리지 않는다

다만 하나가 되어
서로를 사랑할 뿐이다

당신,
나의 향기가 되어주십시오.

언제나 좋은 벗

당신의 향기가
나를 살립니다.

나는

나는 이 세상 구경 나온 여행자
하루하루 새로이 떠나고
하루하루 새로이 만나고
하루하루 새로이 돌아온다

이 세상에서 나는 언제나 어린아이
하루하루 새로이 태어나고
하루하루 새로이 자라고
하루하루 새로이 죽는다.

네가 있어

바람 부는 이 세상
네가 있어 나는 끝까지
흔들리지 않는 나무가 된다

서로 찡그리며 사는 이 세상
네가 있어 나는 돌아앉아
혼자서도 웃음 짓는 사람이 된다

고맙다
기쁘다
힘든 날에도 끝내 살아남을 수 있었다

우리 비록 헤어져
오래 멀리 살지라도
너도 그러기를 바란다.

인생을 묻는 젊은 벗에게

인생이란 무엇인가?
어떻게 사는 인생이 좋은 인생인가?
제대로 아는 사람이 몇이나 되고
답을 말해줄 사람 몇이나 될까?

인생이 무엇인지 알지 못해도
사람들은 지금까지 좋은 인생을 살다 갔고
앞으로도 사람들은 좋은 인생을
살다 갈 것이다

그야말로 인생은 무정의용어
그냥 인생이면 인생인 바로 그것
하루하루 열심히 살아보는 거다

슬퍼할 일을 슬퍼하고
기뻐할 일을 기뻐하고

괴로워할 일을 괴로워하면서
순간순간을 정직하게
예쁘게 살아보는 거다

그러다 보면 저절로
인생이 인생다워지고
인생이 무엇인지 알게 되지 않을까!

인생이 무엇인지 묻는 젊은 벗이여
인생은 그냥 인생
인생은 그냥 너 자신
열심히 살아보자
삶 그것이 그대로 인생이 아니겠는가.

혼자서

무리 지어 피어 있는 꽃보다
두 셋이서 피어 있는 꽃이
도란도란 더 의초로울 때 있다

두 셋이서 피어 있는 꽃보다
오직 혼자서 피어 있는 꽃이
더 당당하고 아름다울 때 있다

너 오늘 혼자 외롭게
꽃으로 서 있음을 너무
힘들어하지 말아라.

꽃필 날

내게도
꽃필 날 있을까?
그렇게 묻지 마라

언제든
꽃은 핀다

문제는
가슴의 뜨거움이고
그리움, 기다림이다.

목소리 듣고 싶은 날

오늘은 내가 우울한 날
조금은 쓸쓸한 날
네 목소리라도
듣고 싶었는데
목소리 들려줘서 고마워

비가 오고 흐린 날이지만
파란 하늘빛 같은 목소리
비 맞고 새로 일어서는
풀잎 같은 목소리
들려줘서 고마워

그래 다시 나도 파아란 하늘빛이
되어보는 거야
초록의 풀잎으로 다시
일어서 보는 거야.

저녁에

저녁에 잠든다는 건
내일의 소망을
가슴에 안는다는 일이고

오늘의 잘못들을
스스로 용서하고
잊는다는 것이다.

너무 외로워 마세요

너무 외로워 마세요
당신 혼자라고 너무 많이 외로워 마세요
언제든 당신 옆에 누군가
숨 쉬고 있다고 생각하고
당신 등 뒤에서 누군가 당신을 위해
기도하고 있다고 믿으세요

너무 서러워 마세요
작은 일로 너무 많이 서러워 마세요
다른 사람들 당신에게
섭섭하게 대해주면 오히려
당신이 다른 사람에게 섭섭하게
대해주지 않았는지 살펴볼 일입니다

너무 힘들어하지 마세요
지금 당신의 일로 너무 많이 힘들어하지 마세요

모든 좋은 일에 끝이 있듯이
아무리 어려운 일 어두운 일에도
언젠가는 다할 날이 있음을
부디 믿고 의심하지 마시기 바라요

더러는 발길 멈추고 고개를 들어
드넓은 하늘을 우러르고
흐르는 구름 스치는 바람을 느낄 일입니다

더러는 당신 가슴 안에 그리움의 강물 하나
불러들여 멀리 흐르게 하고
그 강물을 따라가 보기도 할 일입니다.

좋은 아침

내가 세상한테 필요한
사람이라고 생각해보자
눈물이 날 것이다

내가 세상한테 사랑받는
사람이라고 생각해보자
더욱 눈물이 날 것이다

아침에 문득 받은 전화 한 통
핸드폰 문자 메시지 한 구절이
우리에게 좋은 세상을 약속한다

나는 당신에게 필요한 사람!
당신은 내가 사랑하는 사람!
그렇게 말해보자.

아침의 생각

하늘이 내게 그러실 리가 없다
땅이 또 내게 그러실 리가 없다
숨도 잘 쉬게 해주실 것이고
잠도 잘 깨게 해주실 것이다
분명히 좋은 하루를 마련해주실 것이다

하물며 내가 사랑하는 자
너한테서랴!

소년에게

너무 일찍 찾아오는 봄은
인생을 시들게 만든다
꽃샘추위 속에서 피어난
꽃들을 보지 않았니?
눈 속에 피어난 설중매
산골에 진달래, 더러는 복숭아꽃

아이들아 너무 일찍
꽃 피우고 싶어 조바심하지 말아라
젊은 영웅은 정말로 영웅이 아니란다
진정한 영웅은 늙은 영웅
명예도 늙은 명예가 더욱 단단하고
결이 곱고 반짝이는 법이란다

인생, 끝까지 가 볼 일이다
그 길 끝에서 네 자신이 꿈꾸는

또 하나의 네가 웃으며
너를 맞아주기를 바란다.

인생

화창한 날씨만 믿고
가벼운 옷차림과 신발로 길을 나섰지요
향기로운 바람 지저귀는 새소리 따라
오솔길을 걸었지요

멀리 갔다가 돌아오는 길
막판에 그만 소낙비를 만났지 뭡니까

하지만 나는 소낙비를 나무라고 싶은
생각이 별로 없어요
날씨 탓을 하며 날씨한테 속았노라
말하고 싶지도 않아요

좋았노라 그마저도 아름다운 하루였노라
말하고 싶어요
소낙비 함께 옷과 신발에 묻어온

숲속의 바람과 새소리

그것도 소중한 나의 하루
나의 인생이었으니까요.

물음

나는 무엇을 위해 살았는가?

내가 좋아하는 사람을 위해
내가 좋아하는 일을 위하여
내가 좋은 느낌을 좇아서

더러 나는 내가 좋아하는 사람
내가 좋아하는 일이나 느낌이
내게서 떠날까 봐 조바심하면서

사람 사는 일이 참
별것도 아닌 걸 압니다.

여 행 길 에

당신은 내게서
무슨 말이 듣고 싶은지요?

반갑습니다
고맙습니다

나는 또 당신에게
무슨 말을 하고 싶을까요?

사랑합니다
보고 싶었습니다.

누군가의 인생

어딘지 모르고 가고
누군지 모르고 만나고
무슨 일인지도 모르고 하는 일들

그래도 우리의 하루하루는
엄중한 날들
오직 하나뿐인 인생

너 자신을 아껴라
너 자신을 위로하고
칭찬하고 또 껴안아주라

할 수만 있다면
10년 뒤 너 자신의 모습을
가슴에 품고 살아라

그러다 보면 어느 사이엔가

10년 뒤에 네가 되고 싶은

너 자신이 될 것이다

이것이 너의 인생이고

나의 인생

우리들 모두의 날마다의 삶이다.

사는 법

그리운 날은 그림을 그리고
쓸쓸한 날은 음악을 들었다

그러고도 남는 날은
너를 생각해야만 했다.

사랑

오늘 나는 많이
네 목소리가
듣고 싶었다

들릴 듯
들리지 않을 듯

지구 혼자
돌아가는 소리가
문득 궁금해졌다.

커피 전문점

애야, 네가 지금
손님을 위해서 웃고 있지만
실은 너 자신을 위해서
웃고 있는 거란다

고맙습니다
마주 웃는 하얀 이가
다시 예뻤다.

오타

컴퓨터 자판에 '삶'이라고 쳤는데
모니터엔 '사람'으로 나온다
번번이 독수리 타법, 오타다

아, 삶이란 결국 사람이고
사람이 곧 삶인 거구나
독수리 타법에 감사하며
오타에 고개 숙인다.

일상의 발견

다섯 살쯤 일곱 살쯤 되어 보이는
두 여자아이가 손잡고 가다가
나를 보며 살짝 웃어 보인다

아이들이 왜 웃는 걸까?
두리번거리다가 아이들처럼 나도
웃고 있다는 것을 알게 된다

그렇구나!
내가 먼저 아이들에게 웃어주었더니
아이들도 따라서 웃는 거였구나

보도블록 틈서리에 어렵사리
뿌리 내려 꽃을 피운 민들레 몇 송이도
사람을 보고 웃어주었다.

행복 1

저녁 때
돌아갈 집이 있다는 것

힘들 때
마음속으로 생각할 사람 있다는 것

외로울 때
혼자서 부를 노래 있다는 것.

자기를 함부로 주지 말아라

자기를 함부로 주지 말아라
아무것에게나 함부로 맡기지 말아라
술한테 주고 잡담한테 주고 놀이한테
너무 많은 자기를 주지 않았나 돌아다 보아라

가장 나쁜 것은 슬픔한테 절망한테
자기를 맡기는 일이고
더욱 좋지 않은 것은 남을 미워하는 마음에
자기를 던져버리는 일이다
그야말로 그것은 끝장이다

그런 마음들을 거두어들여
기쁨에게 주고 아름다움에게 주고
무엇보다도 사랑하는 마음에게 주라
대번에 세상이 달라질 것이다
세상은 젊어지다 못해 어려질 것이고

싱싱해질 것이고 반짝이기 시작할 것이다

자기를 함부로 아무것에나 주지 말아라
부디 무가치하고 무익한 것들에게
자기를 맡기지 말아라
그것은 눈 감은 일이고 악덕이며
인생한테 죄짓는 일이다

가장 아깝고 소중한 것은 자기 자신이다
그러므로 보다 많은 시간을 자기 자신한테
주는 데 주저하지 말아야 할 일이다
그것이 날마다 가장 중요한
삶의 명제요 실천 강령이다.

축하

하늘을 안아주고
땅을 안아주고
그 남은 힘으로
너까지 안아주고 싶다.

그리움

가지 말라는데 가고 싶은 길이 있다
만나지 말자면서 만나고 싶은 사람이 있다
하지 말라면 더욱 해보고 싶은 일이 있다

그것이 인생이고 그리움
바로 너다.

충분한 하루

하나님, 오늘은 이것으로 충분했습니다

아침에 일어나 밝은 해를 다시 보게 하시고
세끼 밥을 먹게 하시고
성한 다리로 길을 걷게 하셨을뿐더러
길을 걸으며 새소리를 듣게 하셨으니
얼마나 크신 축복인지요
더구나 아무하고도 말다툼하지 않았고
다른 사람 신세 크게 지지 않고 살게 해주셨으니
이 얼마나 감사한 일인지요

이제 다시 빠르게 지나가는 저녁 시간입니다
하나님, 오늘은 이것으로 충분했습니다
내일도 하루 충분하게 살게 하여주십시오.

좋은 날

하고 싶은 일을 하니 좋고
하고 싶지 않은 일을 하지 않으니
더욱 좋다.

멀리서 빈다

어딘가 내가 모르는 곳에
보이지 않는 꽃처럼 웃고 있는
너 한 사람으로 하여 세상은
다시 한번 눈부신 아침이 되고

어딘가 네가 모르는 곳에
보이지 않는 풀잎처럼 숨 쉬고 있는
나 한 사람으로 하여 세상은
다시 한번 고요한 저녁이 온다

가을이다, 부디 아프지 마라.

당신

이 세상 무엇 하러 살았나?

최후의 친구 한 사람
만나기 위해서 살았지

바로 당신.

시

그냥 줍는 것이다

길거리나 사람들 사이에
버려진 채 빛나는
마음의 보석들.

가을 편지

사랑한다는말을
끝까지아끼면서
사랑한다는말을
하기는어려웠다.

길거리에서의 기도

길거리에서
바람 부는 길거리에서
먼 길 채비하는 너의 발을 잡고
기도를 한다

이 발에 축복 있으소서
가호 있으소서
먼 길 가도 부디
지치지 않게 하시고

어려운 일 파도를 지나
다시 밝은 등불 켜지는
이 거리 이곳으로
끝내 돌아오게 하소서

그러면 금세 너는

한 마리 기린이 되기도 한다
키가 크고 다리도 튼튼한
기린 말이다

성큼성큼 걸어서 그래
빌딩 사이 별밭 사이
머나먼 길 떠났다가
다시 내 앞으로 돌아오거라.

내가 너를

내가 너를
얼마나 좋아하는지
너는 몰라도 된다

너를 좋아하는 마음은
오로지 나의 것이요,
나의 그리움은
나 혼자만의 것으로도
차고 넘치니까……

나는 이제
너 없이도 너를
좋아할 수 있다.

눈 을 쓸 었 다

모처럼 흐벅진 눈을 쓸면서
마음속의 길이 좀 더
헐거워졌다는 생각을 해본다
그 길로 오래 잊었던, 그리운
사람이라도 웃으며 왔으면 좋겠다.

시를 두고서

나의 시가 외로운 것은
세상이 외롭기 때문입니다

나의 시가 쓸쓸한 것은
당신이 쓸쓸하기 때문입니다

시인은 세상의 번역가
나무의 말을 번역하고 구름의 말
새들의 말을 번역합니다

시인은 당신의 통역사
당신의 슬픔과 기쁨 그리고
외로움을 통역합니다

나의 시가 때로 슬픈 것은
지구가 슬픈 탓입니다

나의 시가 때로 어둑한 표정인 것은
우주가 또 어둑한 표정인 탓입니다.

어여쁜 짐승

정말로 좋은 사랑이란 사랑하는 사람을
행복하게 해주는 것이란 말이 있다
또 사랑하는 사람을 편안하게 해주는 것이란 말도 있다
그러나 젊은 시절엔 그런 말들을 듣고서도
미처 그 말의 뜻을 깨치지 못했다
처음부터 귀를 막았는지도 모른다
정말로 사랑이란 것은 사랑하는 사람을 편안하게 해주고
행복하게 해주는 것이란 것을 알았을 때는
너무나 많이 나이를 먹고 난 뒤의 일이기 십상이다
그것은 행복이 자기한테 떠나갔을 때 비로소
자기가 행복했었다는 걸 뒤늦게 깨닫는 어리석음과 같다
그러나 지금이라도 그것을 알았다면 얼마나 다행스런
일인가!
네 옆에 잠시 이렇게 숨을 쉬는 순한 짐승으로 나는 오늘
충분히 행복해지고 편안해지기로 한다
너도 내 옆에서 가만가만 숨을 쉬는 어여쁜 짐승으로

한동안 행복해지고 편안해졌으면 좋겠다.

별

너무 일찍 왔거나 너무 늦게 왔거나
둘 중 하나다
너무 빨리 떠났거나 너무 오래 남았거나
또 그 둘 중에 하나다

누군가 서둘러 떠나간 뒤
오래 남아 빛나는 반짝임이다

손이 시려 손조차 맞잡아 줄 수가 없는
애달픔
너무 멀다 너무 짧다
아무리 손을 뻗쳐도 잡히지 않는다

오래오래 살면서 부디 나
잊지 말아다오.

제비꽃

눈이 작은 아이 하나
울고 있네
흐린 하늘 아래

귀가 작은 아이 하나
웃고 있네
해가 떴다고.

비파나무

왜 여기 서 있느냐
묻지 마세요
왜 잎이 푸르고
꽃을 피웠느냐
따지지 마세요

당신이 오기 기다려
여기 서 있고
당신 생각하느라
꽃을 피웠을 뿐이에요.

그 말

보고 싶었다
많이 생각이 났다

그러면서도 끝까지
남겨두는 말은
사랑한다
너를 사랑한다

입속에 남아서 그 말
꽃이 되고
향기가 되고
노래가 되길 바란다.

딸아이

너를 안으면
풀꽃 냄새가 난다

세상에 오직
하나 있는 꽃,

아무도 이름
지어주지 않는 꽃,

네게서는 나만 아는
풀꽃 냄새가 난다.

한 사람 건너

한 사람 건너 한 사람
다시 한 사람 건너 또 한 사람

애기 보듯 너를 본다

찡그린 이마
앙다문 입술
무슨 마음 불편한 일이라도
있는 것이냐?

꽃을 보듯 너를 본다.

못나서 사랑했다

잘나지 못해서 사랑했다
사랑하지 않고서는
배길 수 없어서 사랑했다
밥을 먹어도 배가 고프고
물을 마셔도 목이 말라서
사랑했다

사랑은 밥이요
사랑은 물

바람 부는 날 바람 따라 흔들리지
않기 위해서 사랑했다
흐르는 강가에서 물 따라
흘러가지 않기 위해서
사랑했다

사랑은 공기요
사랑은 꿈

너 또한 잘난 사람 아니기에
사랑할 수밖에 없었다
못나서 안쓰럽고
안쓰러워 사랑할 수밖에 없었다
사랑하여 너는 세상에서
가장 예쁜 네가 되었다

사랑은 꽃이요
사랑은 눈물.

살아갈 이유

너를 생각하면 화들짝
잠에서 깨어난다
힘이 솟는다

너를 생각하면 세상 살
용기가 생기고
하늘이 더욱 파랗게 보인다

너의 얼굴을 떠올리면
나의 가슴은 따뜻해지고
너의 목소리 떠올리면
나의 가슴은 즐거워진다

그래, 눈 한번 질끈 감고
하나님께 죄 한번 짓자!
이것이 이 봄에 또 살아갈 이유다.

나도 모르겠다

네가 웃으면
나도 따라서 웃고
네가 찡그린 얼굴이면
나도 찡그린 얼굴이 된다
네가 어두운 표정을 지으면
더럭 겁이 난다
어디 아픈 것이나 아닐까?
속상한 일이 있는 건 아닐까?

어쩌다 이리 되었는지
나도 모르겠다.

까닭

꽃을 보면 아, 예쁜
꽃도 있구나!
발길 멈추어 바라본다
때로는 넋을 놓기도 한다

고운 새소리 들리면 어, 어디서
나는 소린가?
귀를 세우며 서 있는다
때로는 황홀하기까지 하다

하물며 네가
내 앞에 있음에야!

너는 그 어떤 세상의
꽃보다도 예쁜 꽃이다
너의 음성은 그 어떤 세상의

새소리보다도 고운 음악이다

너를 세상에 있게 한 신에게
감사하는 까닭이다.

너를 두고

세상에 와서
내가 하는 말 가운데서
가장 고운 말을
너에게 들려주고 싶다

세상에 와서
내가 가진 생각 가운데서
가장 예쁜 생각을
너에게 주고 싶다

세상에 와서
내가 할 수 있는 표정 가운데
가장 좋은 표정을
너에게 보이고 싶다

이것이 내가 너를

사랑하는 진정한 이유

나 스스로 네 앞에서 가장

좋은 사람이 되고 싶은 소망이다.

너를 보았다

세상을 한 바퀴 돌아왔을 때
네가 기다리고 있었다

너무 늦게 만난 것이었다

너와 함께 떠날 세상이
있었다면 얼마나 좋았을까?

오늘도 너를 보았다

빈방에서 흐느껴 울다가 보았고
골목길 걷다가 소낙비 끝에 보았다

너는 별빛 너머 빛나는 별
꽃송이 속에 웃고 있는 별

더는 꿈꾸지 않아도 좋겠다.

나무에게 말을 걸다

우리가 과연
만나기나 했던 것일까?

서로가 사랑한다고
믿었던 때가 있었다
서로가 서로를 아주 잘
알고 있다고 믿었던 때가 있었다
가진 것을 모두 주어도
아깝지 않다고 생각하던 시절도 있었다

바람도 없는데
보일 듯 말 듯
나무가 몸을 비튼다.

감나무 아래

감 알 하나 툭 떨어진다
마음도 떨어진다

와스스 나뭇잎 쏟아진다
마음도 쏟아진다

네가 문득 보고 싶었다.

들길을 걸으며

1

세상에 와 그대를 만난 건
내게 얼마나 행운이었나
그대 생각 내게 머물므로
나의 생각은 빛나는 세상이 됩니다
많고 많은 사람 중에 그대 한 사람
그대 생각 내게 머물므로
나의 세상은 따뜻한 세상이 됩니다.

2

어제도 들길을 걸으며
당신을 생각했습니다
오늘도 들길을 걸으며
당신을 생각했습니다
어제 내 발에 밟힌 풀잎이
오늘 새롭게 일어나

바람에 떨고 있는 걸
나는 봅니다
나도 당신 발에 밟히면서
새로워지는 풀잎이면 합니다
당신 앞에 여리게 떠는
풀잎이면 합니다.

세상에는 없지만
마음속에는 있는

늦여름

네가 예뻐서
지구가 예쁘다

네가 예뻐서
세상이 다 예쁘다

벗은 발 예쁜 발가락
그리고 눈썹

네가 예뻐서
나까지도 예쁘다.

더러는

세상에 분명히 있었으나
이미 세상에는 없는

세상에는 없지만
마음속에는 있는

그림이거나 음악
더러는 사랑.

가을날 맑아

잊었던 음악을 듣는다

잊었던 골목을 찾고
잊었던 구름을 찾고
잊었던 너를 찾는다

아, 너 거기
그렇게 있어줘서
얼마나 고마운가 좋은가

나도 여기 그대로 있단다
안심해라 손을 흔든다.

말랑말랑

공기주머니 너는
산소로 가득한
말랑말랑한

고무풍선 너는
향기로 가득한
야튼 말랑말랑한

너를 안아본다
안아본다는
생각만으로도

가슴이 부푼다
나도 고무풍선이 되어
두둥실 떠오른다

허공이 예쁘다

너 때문에 예쁘다

나도 또한 말랑말랑.

하늘 아이

너 누구냐?
꽃이에요

너 누구냐?
나, 꽃이에요

너 정말 누구냐?
나, 꽃이라니까요!

꽃하고 물으며 대답하며
하루해가 짧다.

서로가 꽃

내가 사랑하므로
네가 꽃이고
네가 생각하므로
나도 꽃이다

오늘 이렇게 우리는
서로가 꽃이고
서로가 잎,
나무줄기여서 좋다.

음악

네 마음을 풀잎 위에 놓으라
바람이 흔들어줄 것이다

네 마음을 강물 위에 던지라
물결이 데리고 갈 것이다

네가 바라는
안식과 평화, 그 나라로

네 마음을 노래 위에 맡기라
고요히 춤사위를 보일 것이다.

차

좋은 벗이
생각난다

지금 내 앞에
네가 있었다면
얼마나 좋을까!

그러므로
차는 벗이다.

봄눈

생강나무 노랑꽃 피자
눈이 내렸다
내리더라도 흐벅지게 내렸다
생강 꽃 더욱 노랗다
꽃이 옹알이할 것만 같다.

민들레꽃

세상의 날들이
곳간에 다락같이 쌓아놓은
곡식의 낱알 같은 것이 아니라
하루나 이틀이면 족하지
무엇을 더 바라겠는가?
하늘을 바라보고 눈물 글썽일 때
발밑에 민들레꽃
해맑은 얼굴을 들어 노랗게
웃어주었다.

봄맞이꽃

봄이 와
다만 그저 봄이 와
파르르 떨고 있는
뽀오얀 봄맞이꽃
살아 있어 좋으냐?
그래, 나도 좋다.

흰 구름에게

날마다 아침이면 이 세상 첫날처럼

날마다 저녁이면 이 세상 마지막 날처럼

당신도 그렇게, 그렇게.

친구

바람은 갈대의 친구
갈대들 온종일
심심하게 서 있을 때
바람이 찾아와 놀아준다
갈대는 친구가 좋아
춤추기도 하고
노래 부르기도 한다.

산책

조금만 함께 가자 했어요
그러나 꽃향기 좋아 풀향기 좋아
멀리까지 와버리고 말았어요

할 얘기가 있었던 것도 아니지요
그저 그런 얘기 이 얘기 저 얘기
서로 나누다가 그만 눈물이 글썽
가슴이 찡하기도 했지요

이젠 돌아갈까 그래요
등 뒤에서 꽃들이 웃고
새들이 웃겠지요.

섬에서

그대, 오늘

볼 때마다 새롭고
만날 때마다 반갑고
생각날 때마다 사랑스런
그런 사람이었으면 좋겠습니다

풍경이 그러하듯이
풀잎이 그렇고
나무가 그러하듯이.

좋다

좋아요

좋다고 하니까 나도 좋다.

꽃향기

키 큰 애들
키 작은 애들
사이좋게 노는
모습 보기 좋아

나비
나비 한 마리
살그머니 날아와
꽃향기 맡고 간다

키 큰 애들 향기
키 작은 애들 향기.

봄밤

달 없이도
밝은 밤입니다

꽃 없이도
향기로운 밤입니다

그대 없이도
설레는 밤이구요.

꽃들아 안녕

꽃들에게 인사할 때
꽃들아 안녕!

전체 꽃들에게
한꺼번에 인사를
해서는 안 된다

꽃송이 하나하나에게
눈을 맞추며
꽃들아 안녕! 안녕!
그렇게 인사함이
백번 옳다.

매화 아래

깨끗이 쓸어 논 마당을
밤사이 매화나무가
어질러 놓았다

비로 쓸고 있는 사이에도
후룩후룩 매화나무는
붓질을 했다

매화나무야 걱정 말아라
너는 그림 그리고
나는 그림 지우면 되니까.

오월 나무

그냥 거기 있어서 좋다
그냥 거기 암말 없이
잎이 푸르고 단풍잎 지고
때로는 헐벗어서 좋다

더구나 오월이 다시 와
새잎이 나는 느티나무
그 옆에 호두나무
아, 감나무 감나무 이파리

어린 햇빛이 와서
목욕 감으며 놀고 있는 하나
하나씩의 조그만 호수인
감나무 어린 이파리

이 어찌 눈부신 생명인가

다시 숨 쉬는 목숨으로
새 이파리 솟는 감나무 보아서
얼마나 좋단 말인가

이웃집 젊은 할머니
감나무 그늘 아래
손자 아이 업고 나와
콧노래로 자장가 불러주고 있다.

두둥실

혼자 있어 쓸쓸한 날
옆자리에 사뿐
꽃 한 송이 와서 앉는다

새근새근
꽃이 숨 쉬는 소리
향기롭고

쿨렁쿨렁
꽃이 물 마시는 소리
싱그러워

나도 그만 발을 헛딛고
맑은 하늘에 두둥실
흰 구름 되어서 뜬다.

봄

새들이 보고 있어요
우리 둘이 어깨 비비고
걸어가는 것

꽃들이 웃고 있어요
우리 둘이 눈으로 말하고
이야기하고 있는 것.

별들이 대신해주고 있었다

바람도 향기 머금은 밤
탱자나무 가시 울타리 가에서
우리는 만났다
어둠 속에서 봉오리진
하이얀 탱자꽃이 바르르
떨었다
우리의 가슴도 따라서
떨었다
이미 우리들이 해야 할 말을
별들이 대신해주고 있었다.

좋은 꽃

나빠지면 얼마나 더
나빠지겠나
고개를 들었을 때
꽃이 되었고

좋아지면 얼마나 더
좋아지겠나
고개를 숙였을 때에도
꽃이 되었다

더 좋은 꽃이 되었다.

말

하루 종일 버리고 버린 나의 말
사람들 가슴에 던지고 던진 나의 말

비수가 되지 않았기를
쓰레기가 되지 않았기를

더러는 조그만 꽃씨 되어
싹이 틀 수 있기를.

풀꽃 1

자세히 보아야
예쁘다

오래 보아야
사랑스럽다

너도 그렇다.

봉숭아

길가에 봉숭아꽃 피었구나
다가가 그 옆에 쪼그리고 앉는다

힘들었지? 올여름 나기
참말 힘들었지?
나도 힘들었단다

봉숭아가 새빨간 입술을 달싹이며
무슨 말인가 하려고 한다
그래, 알았다 알았어

봉숭아 씨앗 주머니를 탁!
터뜨려준다.

동백정에서

지더라도 한 잎씩
지는 게 아니라
송두리째 지고 있더라

죽더라도 괴로운
표정 아니라
웃는 얼굴 그대로 죽고 있더라

뚝, 뚝, 뚝,
그건 누군가의 붉은 울음
붉은 영혼

주워서 네 손에 쥐여주고 싶었다
한 송이 아니라 여러 송이
손아귀 가득 쥐여주고 싶었다.

오늘의 약속

덩치 큰 이야기, 무서운 이야기는 하지 않기로 해요
조그만 이야기, 가벼운 이야기만 하기로 해요
아침에 일어나 낯선 새 한 마리가 날아가는 것을 보았
다든지
길을 가다 담장 너머 아이들 떠들며 노는 소리가 들려
잠시 발을 멈췄다든지
매미 소리가 하늘 속으로 강물을 만들며 흘러가는 것을
문득 느꼈다든지
그런 이야기들만 하기로 해요

남의 이야기, 세상 이야기는 하지 않기로 해요
우리들의 이야기, 서로의 이야기만 하기로 해요
지나간 밤 쉽게 잠이 오지 않아 애를 먹었다든지
하루 종일 보고픈 마음이 떠나지 않아 가슴이 뻐근했다
든지
모처럼 갠 밤하늘 사이로 별 하나 찾아내어 숨겨놓은

소원을 빌었다든지
　그런 이야기들만 하기로 해요

　실은 우리들 이야기만 하기에도 시간이 많지 않은 걸
우리는 잘 알아요
　그래요, 우리 멀리 떨어져 살면서도
　오래 헤어져 살면서도 스스로
　행복해지기로 해요
　그게 오늘의 약속이에요.

사막여우

어제저녁까지 있는 길이
아침에 보니 사라지고 없었다
아니, 조금 전까지만 해도 보이던 길이
지워져 버리고 없었다

어젯밤 칼날같이 푸르던 달빛이
지상의 모든 길들을 데려간 것일까
눈부신 아침 햇빛이 지워버린 것일까

다만 사라진 길 위에 처음 보는
작고도 어여쁜 여우 한 마리 동그마니 앉아
이쪽을 건너다보는 것이었다
눈이 동그랗고 눈빛이 우물처럼 아득했다

시인아, 사막에서는 길을 묻지 말라
부디 뒤를 돌아볼 일이 아니다

이제까지 걸어온 길이 사라졌다 해도
울먹이거나 겁을 먹을 일도 아니다.

누군가가 어깨를 쳤다

누군가가 어깨를 쳤다
툭, 소리가 났었던 것 같고
어깻죽지에 서늘하고도 선명한
느낌이 왔던 것 같다
고개를 돌려 올려다보았을 때
펄럭, 누군가의 옷자락이 사라졌다
아마亞麻 빛이었을까
옷자락이 사라진 허공은 옥빛
동그란 우물처럼 올려다보였다.

말씀을 받아

나는 밥도 잘 짓지 못하고
반찬도 잘 만들지 못하고
바느질은 더더욱 서툽니다
당신의 바느질 솜씨 눈부실 때
나는 글을 조금 씁니다
그 힘으로 오늘 삽니다.

풍경

이 그림에서
당신을 빼낸다면
그것이 내 최악의 인생입니다.

명멸 明滅

하늘에서 별 하나 사라졌다
성냥개비 하나 타오를 만큼
짧은 시간의 명멸

사람들 꿈꾸며 바라보던 그 별이다
아이들도 바라보며 노래하던 그 별이다

누구도 슬퍼하지 않았다
울지 않았다
다만 몇 사람 시무룩히
고개 숙였다 들었을 뿐이다.

자연과의 인터뷰

구름아, 나하고 이야기하자
어디를 갔었는지 무엇을 보았는지
무척 많이 듣고 싶단다

풀들아, 꽃들아
늬들도 나하고 이야기하자
늬들한테도 들을 얘기가 아주 많단다

아침에 어떤 새들이 지절거렸는지
점심때 바람이 무어라 속삭였는지
나는 너희들이 무척이나 부러울 때가 있단다.

호숩게

나뭇가지 끝에 매달려 있는
나뭇잎 하나가 떨어진다

호숩게
아무 아픔도 없다는 듯이
아무 느낌도 없다는 듯이

그저 호숩게
땅바닥으로 내려앉는다

이제는 나도 호숩게
호숩게다

말하는 것도 호숩게
웃는 것도 호숩게
사람들과 만나 악수하는 것도 호숩게.

먼 곳

먼 곳이 떠오른다
알프스라 해도 좋고
히말라야라 해도 좋은 곳
아주 높고 신령스런 곳이
생각난다
한 번도 가보지 않은 곳
가보았으나 가보지 않은 것 같은 곳에
오늘 문득 가보고 싶다.

사막

길은 너무 많은데
발 디딜 틈새 하나 없다

무엇보다도 바람과 햇빛의 지옥
까마득한 하늘의 감옥

나의 늙은 연애는
그만큼서 끝을 내야만 한다.

시의 주인이기를 포기함

시를 버린다
버리지 않고서는 살 수 없기에
날마다 시를 버린다

옛사람들은 시를 써서
개울한테 버리고
바람한테 보내고
달빛한테 주고 또
꽃한테도 맡겼다 그러지만
나는 아직 그런 재주를 몰라
시를 써서 종이한테 버린다
세상한테 버린다

누가 주워가든 말든
알 바 아니다
나는 이제 내 시의 주인이 아니다

내가 살기 위해서 나는 이제
내 시의 주인이기를 포기한다

시여, 부탁합니다 이제
당신도 나를 버려주시길 바랍니다.

낙타

언제부턴가 마음속에
어린 낙타 한 마리 살고 있었다
날마다 낙타를 몰고 세상 속을 걸었다
타박타박 모래밭, 먼지와 바람의 길이었다

더러는 한 모금의 물이 아쉬웠다
내가 낙타였으므로 한 번도 낙타 등에 올라가 본 적은
없고
누군가를 태우거나 무거운 짐짝을 올려놓고 걸었다

가장 많이 올려놓았던 짐짝은 막막한 슬픔과
대책 없는 그리움이었다
무엇보다 그 짐짝을 내려놓고 싶었다

그러나 번번이 쉽지 않은 일
내려놓으려고 하면 막막한 슬픔과

대책 없는 그리움은 살을 파고들었다
오늘도 나는 짐짝을 가득 싣고 세상 속을 떠난다
다만 숨이 가쁘고 다리가 후들거린다.

선종

피
한 방울
놓쳐버린 바다

울며
떠난 고래는
돌아오지 않았다

다만 노을이 붉었다.

집을 떠나며

어려서는 가지런히 신발을 벗고
입던 옷을 벽걸이에 걸었다

젊어서는 읽던 책을 책꽂이에 꽂고
쓰던 편지를 찢었다

나이 들어 이제는 쓰던 원고를 덮고
그 위에 또 안경을 올려놓는다.

십이월

하루 같은 일 년

일 년 같은 하루, 하루

그처럼 사라진 나

그리고 당신.

나무

너의 허락도 없이
너에게 너무 많은 마음을
주어버리고
너에게 너무 많은 마음을
뺏겨버리고
그 마음 거두어들이지 못하고
바람 부는 들판 끝에 서서
나는 오늘도 이렇게 슬퍼하고 있다
나무 되어 울고 있다.

참회록

어렸을 때를 말하라시면
몸이 절로 얼어붙는 것 같습니다
저는 너무나 조그맣고 보잘것없고 친구들과도
잘 어울리지도 못하는 못난 조그만 아이였으니까요
아마도 어딘가 귀퉁이에 쭈그리고 앉아서
책장을 넘기거나 그림 비슷한 것을
끄적거리고 있었을 겁니다

자라서 청소년 때를 말하시라면
더욱이 얼굴 붉어지고 몸이 오그라 붙습니다
시 쓴답시고 책이나 옆구리에 끼고
어정거리며 예쁜 여자애들 얼굴이나
흘낏거리고 다녔을 겁니다

학교 나와 선생을 하면서도 아이들한테 별로
도움을 주는 선생 노릇을 하지 못했습니다

다만 마음이 약해 함부로 화내고 신경질 부리고
쉽게 후회하고 사과하고 작은 일에 매달리고
그랬을 겁니다

한 여자의 남편으로 두 아이의 아버지로
살면서도 내세울 만한 항목이 별로 없지요
가족들을 정스럽게 보살피고 보듬기보다는
내 뜻대로 이끌고 다니며 살았으니까요
다만 끝까지 가족의 일원으로서 의무를 다하기 위해
이를 악문 날들이 많았습니다

이제 나이 들어 늙은 사람이 되어서도
딱히 내세울 게 별로 없습니다
이냥 이대로 조그맣고 보잘것없고
힘없는 늙은이로 보아주시면 고맙겠습니다
미안합니다.

멀리

내가 한숨 쉬고 있을 때
저도 한숨 쉬고 있으리
꽃을 보며 생각한다

내가 울고 있을 때
저도 울고 있으리
달을 보며 생각한다

내가 그리운 마음일 때
저도 그리운 마음이리
별을 보며 생각한다

너는 지금 거기
나는 지금 여기.

쑥부쟁이

오늘도 너의 마음 하나
얻지 못하여 쓸쓸한 날
혼자서 산길을 가면서
가을꽃 본다

무얼 그리시나요?
살아 있는 목숨만이라도
고마운 일 아닌가요?
쑥부쟁이 연한 바다 물빛
꽃송이를 흔든다.

눈사람

밤을 새워 누군가 기다리셨군요
기다리다가 기다리다가 그만
새하얀 사람이 되고 말았군요
안쓰러운 마음으로 장갑을 벗고
손을 내밀었을 때
당신에겐 손도 없고
팔도 없었습니다.

그래서 꽃이다

나는 구름 위에 있는데
너는 구름 아래 있구나

나는 너를 보고 있는데
너는 나를 보지 못하고 있구나

어쩌면 좋으냐?
어쩌면 좋단 말이냐?

나는 울고 있는데
너는 웃고 있구나.

초라한 고백

네가 가진 것을 주었을 때
사람들은 좋아한다

여러 개 가운데 하나를
주었을 때보다
하나 가운데 하나를 주었을 때
더욱 좋아한다

오늘 내가 너에게 주는 마음은
그 하나 가운데 오직 하나
부디 아무 데나 함부로
버리지는 말아다오.

꽃 1

예쁘다는 말을
가볍게 삼켰다

안쓰럽다는 말을
꿀꺽 삼켰다

사랑한다는 말을
어렵게 삼켰다

섭섭하다, 안타깝다,
답답하다는 말을 또 여러 번
목구멍으로 삼켰다

그러고서 그는 스스로 꽃이 되기로 작정했다.

아무렇게나 저절로
피는 꽃은 없다

계단

왜 너를
사랑해야 하는데?

나를 위해서

왜 너를
기뻐해야 하는데?

나를 위해서

왜 슬픔을
서둘러 다스려야 하는데?

그 또한 나를 위해서.

설레임

바람이 분다
설레는 마음

새가 운다
더욱 설레는 마음

저만큼 네가 웃으며 온다
설레다 못해 춤추는 마음

이렇게 설레임이 삶이다
설레임이 길이다

아니다 네가 나의 길이다
무작정 살아보는 거다.

오늘의 과업

오늘도 햇빛은 나를 사랑해
나의 눈꺼풀에 머물러 잠을 깨웠고
바람은 나를 찾아와
목덜미를 쓸어주고 있으며
나 심심하지 말라고 뜨락에 붉은 꽃 피고
새들은 또 가끔 내 귀를 간질여준다

보아라!
하늘의 구름이 갈 길을 멈추고
그대를 생각하며 가슴에 품으며 그대를
그윽한 눈으로 내려다보고 있지 않은가!

그대는 오늘 누구를 위해
무슨 일을 해야 할 것인가?
주어야 할 그 무엇이 있는가?

빈자리

누군가 아름답게
비워둔 자리
누군가 깨끗하게
남겨둔 자리

그 자리에 앉을 때
나도 향기가 되고
고운 새소리 되고
꽃이 됩니다

나도 누군가에게
아름답고 깨끗하게
비워둔 자리이고 싶습니다.

꽃 2

아무렇게나 저절로
피는 꽃은 없다

누군가의 억울함과 슬픔과
기도가 쌓여 피는 꽃

그렇다면 산도 바다도
강물도

하늘과 땅의 억울함과 슬픔과
기도로 피어나는 꽃일 것이다.

사막을 꿈꾸다

그대, 인생이 지루한가?
그렇다면 사막을 꿈꾸라
이내 인생이 싱싱해질 것이다

그대, 하루하루가 답답한가?
그렇다면 사막을 가슴에 품으라
이내 가슴이 열릴 것이다

그대, 마음이 슬픈가?
그렇다면 사막을 오래 그리워하라
이내 마음은 보랏빛으로 물들 것이다.

바람 부는 날

너는 내가 보고 싶지도 않니?
구름 위에 적는다

나는 너무 네가 보고 싶단다!
바람 위에 띄운다.

봄의 일

꽃을 심는다
네 생각을 심는다

언젠가 네가 이 꽃나무
옆으로 돌아오기를

네가 꽃으로 피어나기를
꿈꾸면서 소망하면서.

사랑한다면

사람도 꽃으로
다시없는 꽃으로
피어날 때 있다

사람도 하늘로
맑고 푸른 하늘로
번져갈 때 있다

사람도 바다로
탁 트인 바다로
열릴 때 있다

사랑한다면
사랑하는 사람 옆에서
사랑하고만 있다면.

몫

자연과 삶에 대한 찬탄은
나의 몫이요
나의 사랑은 너의 몫이다
후회와 쓸쓸함은 나의 몫이요
기쁨과 아름다움은 너의 몫이다
너 그대로 있거라
그냥 그대로 있거라.

작은 깨침

사랑!
예쁘지 않은 것을
예쁘게 보아줌

믿음!
믿을 수 없는 것을
의심 없이 믿어줌

기적!
일어날 수 없는 일이
분명히 일어남.

길

물은 제 갈 길을 간다

사람이 길을 만들어줘도
물이 가는 길은
빠른 길이다
곧은 길이다

세상 일들도 마찬가지

사람들의 뜻과는 달리
세상 일들이 가는 길은
급한 길이다
질러가는 길이다.

잘못 든 길

그 길을 가지 않은 사람은 알지 못한다
외롭게 쓸쓸하게 버려진 듯 호젓한 그 집
모퉁이에 문득 던져진 듯
놓여 있는 집, 산임갤러리

누가 이런 곳에 이렇게 예쁜 집을 다 지었을까?
이런 집에서는 어떤 사람이 살고 있을까?
흘러가는 구름을 잠시 멈추게 하는 집

터벅터벅 산길 가다가 모가지 길쑴한
산나리나 초롱꽃 한 송이 찾아내고는
진저리쳐지도록 환하고도 푸르게 열리던 마음!

길을 잘못 들었으니 망정이지
그 날 우리가 길을 잘못 든 것은 아무래도
잘한 일이고 행운에 가까운 일이었다.

시 작 법

마음을 나누어준다
내가 좋아하는 사람에게
못 잊을 사람 어여쁜 사람에게
골고루 나누어준다
그러고도 남는 마음은
흰 구름에게 개울물에게 주고
새소리, 꽃들에게도 준다
그러면 내 마음이 흰 구름 되고
개울물 되고 새소리, 꽃이 된다

생애에 남은 시간을 나누어준다
나를 아는 사람에게도 주고
나를 모르는 사람에게도 주고
골고루 나누어준다
그러고도 남는 시간은
나무에게 주고 언덕에게 주고

산과 하늘에게도 준다
그러면 나의 시간은
나무가 되고 언덕이 되고
산이 되고 하늘이 된다

이것이 내가 세상을 사는 법이고
이것이 또 내가 시를 쓰는 법이다.

당신이 나에겐 풀꽃이다

가다가 길을 가다가
문득 발을 멈추고
주저앉으면 보이는 얼굴
얘들아 얘들아
늬들은 지금껏 어디에 그렇게
까마득 숨었다가 이제사
내 앞에 나타난 거니?

아니에요 아니에요
우리는 언제나 당신 곁에 있었어요
당신의 숨결로
당신의 눈빛으로 또
당신의 이야기로 함께 있었어요
다만 당신이 우리를
보지 못했을 뿐이에요

그렇구나 그렇구나
언제든지 너희들은 나의 이웃
나의 귀여운 아이들
나의 친구
언제든지 너희들은 나의
사랑스런 형제

미안하다 미안하다
쓰다듬는 손길을 따라 더욱
예쁘게 웃는 풀꽃, 풀꽃들
이제는 풀꽃만 풀꽃이 아니다
사랑스런 것, 조그만 것
예쁜 것들은 모두가 풀꽃이다

당신이 우선 나에겐 풀꽃이고
나도 또한 당신에게는 풀꽃

풀꽃은 사랑이고 그리움
풀꽃은 아리따움이고 소망
우리들 하루하루 인생이
바로 풀꽃이다.

한 사람

좋은 사람과라면
흐린 날은 흐려서 좋고
맑은 날은 맑아서 좋다고 한다

비뚤어진 장독대
장항아리들도 예뻐 보이고
깨어진 기왓장 조각까지
소중해 보인다

아, 그것이 그렇다면
오늘 나의 소망은
너에게 오직 그런
한 사람이 되고 싶은 것이다.

너에게 감사

네 생각만으로도
살아야겠다는
싱그런 결의가 생긴다

네 얼굴
네 목소리
네 이름만 떠올려도
세상은 반짝이는 세상이 되고
아름다운 세상이 된다

풀잎 하나하나
꽃송이 하나하나마다
겹쳐지는 너의 얼굴
떠오르는 너의 목소리

참 이건 아름다운 비밀이고

알 수 없는 요술
그러니 너에게 감사하지
않을 수 없어

날마다 날마다가 아니야
순간순간 감사하지
않을 수 없어.

희 망

하, 하늘에 높은 흰 구름
그 밑에 검은 먹구름
힘차게 솟아올라
하늘에 하얀 궁전을 짓고
검은 궁전을 또 짓는다
일 년 중에서도 장마철
비 그치고 잠시 맑은 날
햇빛은 따갑고
매미 소리 따갑고
희망이란 것은 바로
이런 것이 아닐까?
멀리 있는 너를 잠시
생각해본다.

우리들 마음

우리들 마음은

꽃송이 옆에 놓으면 피어나고
물소리 옆에 놓으면 흐르고
별빛 옆에 놓으면 반짝이는 마음

부디 도둑의 마음 옆에 두지 말고
더구나 미워하는 마음 옆에는
두지 말아라.

피곤한 초록빛

오늘도 피곤한 하루 저녁 시간
날 저물어 피곤해서 좋다 감사하다
노곤하게 지는 늦은 봄날 저녁 햇빛
담쟁이넝쿨에 비친다
이런 땐 초록도 피곤한 초록빛
피곤한 초록빛이어서 맘 편하다
너도 좀 쉬거라 오늘 하루
함께 잘 견뎌주어서 고맙구나.

지상의 시간

지상의 모든 시간은
사람을 기다려주지 않는다

기차도 사람을 기다려주지 않고
계절도 꽃도 사람을 기다려주지 않고
내 앞에 앉아서 웃고 있는 너도
나를 기다려주지 않은 것은 마찬가지

어찌할 텐가?

더욱 열심히 살고
더욱 열심히 사랑할 밖에는
달리 길은 없다.

부탁

너무 많이 울지 말아요
서러워 말아요

엄마의 손에 이끌린 어린아이가
꽃길을 걸어와 꽃길을 잊어버리듯

이런저런 기억들을
부디 잊어버리기 바라요

눈물이나 슬픈 생각보단
아름다운 노래를 들려주어요.

외로운 날

외로운 날
외로움의 냄새를 맡는다

그리운 날
그리움의 냄새를 맡는다

어디 갔다 이제야
늦게 오셨나?

소나무 두 그루
그 옆에 또 한 그루

말 없는 말도
잘 알아듣는다.

마음을 비우라고?

마음을 비우라는 말을 자주 듣는다
마음을 비우는 것이 몸에도 좋고
마음에도 좋다는 충고를 듣는다

하지만 나는 비우기보다는 채우라고 말하고 싶다
채워도 넘치도록 채우라고 말하고 싶다
좋아하는 마음과 사랑하는 마음과
안쓰러운 마음으로 차고 넘치도록
채우라고 말하고 싶다

그러다 보면 싫어하는 마음이 줄어들고
미워하는 마음도 줄어들고 의심하는 마음 또한
조금씩 줄어들 것이 아니겠나……

채우고 채우다가 그래도 빈 곳이 있으면
아침 햇살로 채우고 저녁노을로 채우고

새소리 바람 소리로 채우고
풀꽃 향기로 가득 채우는 것이 더욱
좋은 일 아니겠냐고 말하고 싶다.

가을도 저물 무렵

낙엽이 진다
네 등을 좀 빌려다오
네 등에 기대어 잠시
울다 가고 싶다

날이 저문다
네 손을 좀 빌려다오
네 손을 맞잡고 함께
지는 해를 바라보고 싶다

괜찮다 괜찮다
오늘은 이것으로 족했다
누군가의 음성을 듣는다.

꽃 3

예뻐서가 아니다
잘나서가 아니다
많은 것을 가져서도 아니다
나만 너이기 때문에
내가 너이기 때문에
보고 싶은 것이고 사랑스런 것이고 안쓰러운 것이고
끝내 가슴에 못이 되어 박히는 것이다
이유는 없다
있다면 오직 한 가지
네가 너라는 사실!
네가 너이기 때문에
소중한 것이고 아름다운 것이고 사랑스런 것이고 가득
한 것이다
꽃이여, 오래 그렇게 있거라.

내가 나를 칭찬함

오늘도 흰 구름을 나는
흰 구름이 아니라고 억지로
우기지 않았음

오늘도 풀꽃을 만나 나는
너를 알지 못한다
얼굴 돌려 외면하지 않았음

이것이 오늘 내가 나를 진정
칭찬해주고 싶은 항목임

당신도 부디 당신 자신을
칭찬해주시기 바란다.

감사

이만큼이라도 남겨주셨으니
얼마나 좋은가!

지금이라도 다시 시작할 수 있으니
얼마나 더 좋은가!

돌아오는 길

점심 모임을 갖고 돌아오면서
짬짬이 시간
돌아오는 길에 들러 본 집이 좋았고
만난 사람은 더 좋았다

혼자서 오래 산 사람
오래 살았지만 외로움을 잘 챙겼고
그러므로 따뜻함을 잃지 않은 사람
마주 앉아 마신 향기로운 차가 좋았고
서로 웃으며 나눈 이야기는 더욱 좋았다

우리네 일생도 그렇게
끝자락이 더 좋았다고 향기로웠다고
말할 수 있었으면 참 좋겠다.

능금나무 아래

한 남자가 한 여자의 손을 잡았다
한 젊은 우주가 또 한 젊은
우주의 손을 잡은 것이다

한 여자가 한 남자의 어깨에 몸을 기댔다
한 젊은 우주가 또 한 젊은
우주의 어깨에 몸을 기댄 것이다

그것은 푸르른 오월 한낮
능금꽃 꽃들을 밝힌
능금나무 아래서였다.

가을날 저녁의 시

나 지금 알고 있는 것을
어떻게 알았겠는가?

책에 쓰여 있는 대로 배운 대로는
쉽게 살아지지 않는다고
더구나 말한 대로 들은 대로는
쉽사리 따를 수 없는 일이라고

나 지금 알고 있는 것들
어떻게 알았겠는가?

그동안 무언가 소중한 것들
끊임없이 주었기 때문이리
빼앗기기도 하고 잃어버리기도 하고
꺼꾸러지기도 했기 때문이리

세상에는 그 무엇도 그냥 아무렇게나
이루어지는 것은 없는 법

그렇다면 이만큼 알고 가는 것도
다행한 일 아니겠나!
나이 먹는 것 늙는 것도 좋은 일이고
이만큼 알게 된 것만도
고마운 일 아니겠는가!

하오의 한 시간

바람을 안고 올랐다가
해를 안고 돌아오는 길

검정 염소가
아무 보고나
알은 체 운다

같이 가요
우리 같이 가요

지는 햇빛이
눈에 부시다.

새 봄

무슨 일이 일어나긴
일어난 모양이에요
그렇지 않고선 이렇게
가슴이 울렁거릴 까닭이 없어요
한소끔 잠든 사이
한숨 몇 번 내쉬는 사이
하기야 이름 모르는 꽃들이 피어나고
나무의 푸름 더욱 푸르러지고
바람의 맛이 많이 달라졌다고요……
그런 것 말고 무엇인가
아주 중요한 일이 일어나긴
일어난 모양이에요
그렇지 않고선 이렇게
가슴이 울렁거릴 일이 아니에요
지구에게 혹은 나에게.

이 봄의 일

날씨 풀리고 따뜻해지니
귓속이 간지럽고
볼따구니가 근질거린다
묵은 나무등치에 꽃이 피고 새잎 돋듯
내 몸뚱아리에서도 꽃이 피고
새잎이 돋을라나!

코끝이 매캐해진다
새로 오는 봄에는 부디 거짓말을
될수록 하지 말아야지
쓰레기를 덜 남겨야지

어디선 듯 누군가 바라보며
웃고 있을 것만 같다.

눈부신 속살

담장 위에 호박고지 가을볕 좋다
짜랑짜랑 소리 날 듯 가을볕 좋다
주인 잠시 집 비우고 외출한 사이
집 지키는 호박고지 새하얀 속살

눈부신 그 속살에
축복 있으라.

풀꽃 2

이름을 알고 나면 이웃이 되고
색깔을 알고 나면 친구가 되고
모양을 알고 나면 연인이 된다
아, 이것은 비밀.

햇빛 밝은 날

종일
바다와 마주 앉아
시 한 편 건졌습니다

종일
풀꽃과 눈 맞추다가
그림 하나 얻었습니다

옛다!
이거나 받아가거라
고요한 우주의 숨소리를 들었습니다!

겨울맞이

이제 쉬거라 그만 쉬거라

한숨도 고통도 내려놓고

잠들 수 있으면 잠이 들려무나

잠 속에서 꿈속에서 그대

찬란한 새로운 길을 보게 될 것이다

회색빛 늪 속에 오래 엎드려 썩고 썩으면

눈부신 봄날의 새 햇빛

지극히 여리고 사랑스러운 새싹

새로 눈터 오는 이파리들의 세상을 볼 것이다

거리에 바람이 분다

나뭇잎들이 바람에 불려 흩어진다

낮은 트럼펫 소리도 들린다.

사막에 흘려

배알이 터진 채 모래 지평선 위에
질펀하게 가로누워 마지막 숨을
몰아쉬는 검붉은 노을

낙타가 운다
모래 폭풍 속에서도 울지 않던 놈이
쿨룩거리는 소리, 톱니바퀴 돌아가는
소리로 놈이 운다

울지 마라, 형제여
머잖아 어둠이 밀려오고 별빛이 나와
우리의 머리꼭지 비쳐줄 때까지
내 네 곁을 떠나지 않으마.

타클라마칸

살아날 가망은 어디에도 없었다

사방으로 터진 모래 수평선
방향 없이 부는 바람
무차별 쏟아지는 달빛이거나 별빛이거나
햇빛
매캐한 어둠의 터널
가끔 눈에 띄는 건 죽은 낙타의 뼈다귀 따위
어쩌면 사람들 것일 수도 있는

너에 대한 생각 하나 오직 활로가 되었다.

우두두두

장미 한 송이 꺾어 지구의 머리 위에 얹어본다
지구가 빙그레 웃음 짓는다

패랭이꽃 한 송이 꺾어 너의 머리칼에 꽂아본다
너도 배시시 웃음 짓는다

검은 구름과 거센 바람이 산맥과 강물을
소리 내며 밟고 지나간다

우두두두
올해도 이렇게 여름이 찾아왔다.

눈 위에 쓴다

눈 위에 쓴다
사랑한다 너를
그래서 나 쉽게
지구라는 아름다운 별
떠나지 못한다.

약속

달빛이 있는 곳까지만 함께 가자
손가락 걸었다
풀벌레 소리 있는 곳까지
개울물 소리 나는 곳까지만 함께 가자
손가락 걸었다
끝내 마음이 있는 곳까지만
함께 가자
오늘 바로 그랬다.

대답

많고 많은 대답 가운데
가장 좋은 대답은
네……

그럴 수 없이 순하고
겸손하고 더 이상 낮아질 수 없이
낮아진 대답

오늘 네가 나에게 보내준
네……
바로 그 한 마디

언젠가는 나도 너에게
그 말을 돌려주고 싶다.

히말라야

하늘이 되고 싶은 산

바위가 되고 싶은 집

꽃이 되고 싶은 한 아이

눈부신 하늘 미소.

바로 말해요

바로 말해요 망설이지 말아요
내일 아침이 아니에요 지금이에요
바로 말해요 시간이 없어요

사랑한다고 말해요
좋았다고 말해요
보고 싶었다고 말해요

해가 지려고 해요 꽃이 지려고 해요
바람이 불고 있어요 새가 울어요
지금이에요 눈치 보지 말아요

사랑한다고 말해요
좋았다고 말해요
그리웠다고 말해요

참지 말아요 우물쭈물하지 말아요
내일에는 꽃이 없어요 지금이에요
있더라도 그 꽃은 아니에요

사랑한다고 말해요
좋았다고 말해요
당신이 오늘은 꽃이에요.

오는 봄

나쁜 소식은 벼락 치듯 오고
좋은 소식은 될수록 더디게
굼뜨게 온다

몸부림치듯, 몸부림치듯
해마다 오는 봄이 그러하다
내게 오는 네가 그렇다.

강가에 살며

흘러간 물에 감사하라

흘러간 물이 품었던
흰 구름과 바람과 새의 날갯짓과
마을과 숲의 그림자를 기억하라
오래 명목瞑目하라

그리하면 오늘의 강물이 더욱
아름답게 보일 것이요
내일 오는 강물이 더욱
사랑스러울 것이다.

그런 사람으로

그 사람 하나가
세상의 전부일 때 있습니다

그 사람 하나로 세상이 가득하고
세상이 따뜻하고

그 사람 하나로
세상이 빛나던 때 있었습니다

그 사람 하나로 비바람 거센 날도
겁나지 않던 때 있었습니다

나도 때로 그에게 그런 사람으로
기억되고 싶습니다.

사랑에 답함

예쁘지 않은 것을 예쁘게
보아주는 것이 사랑이다

좋지 않은 것을 좋게
생각해주는 것이 사랑이다

싫은 것도 잘 참아주면서
처음만 그런 것이 아니라

나중까지 아주 나중까지
그렇게 하는 것이 사랑이다.

새로 봄

겨울을 이겨야 봄이지요
여전히 살아 있는 목숨이어야 봄이지요
그러니 봄이 기적이 아닌가요

새로 꽃이 피어야 봄이지요
새로 잎이 나고 새가 울어야 봄이지요
그러니 봄이 더욱 기적이 아닌가요.

향기 1

자취도 없고
모양도 없고
빛깔도 없지만

있기는 분명히 있고
있더라도 많이
있는 것!

방 안을 가득 채우고
너를 채우고
또 나를 채운다

잊을 만하면
나 아직 여기 있어요
알은체하는 아이.

겨울 차창

너의 생각 가슴에 안으면
겨울도 봄이다
웃고 있는 너를 생각하면
겨울도 꽃이 핀다

어쩌면 좋으냐
이러한 거짓말
이러한 거짓말이 아직도
나에게 유효하고
좋기만 한걸

지금은 이른 아침
청주 가는 길
차창 가에 자욱한 겨울 안개
안개 뒤에 옷 벗은
겨울나무들

왜 오늘따라 겨울 안개와

겨울나무가 저토록 정답고

가슴 가까이 다가오는 것이냐.

4
부

꽃 피워봐

작은 마음

너 지금 어디쯤 가고 있니?
너 지금 누구하고 있니?
너 지금 무엇 하고 있니?

너 지금 어디서 누구하고
무엇을 하든지 네가
너이기 바란다
너처럼 말하고 너처럼 웃고
너를 좋아하는 사람들이랑
너처럼 잘 살기 바란다

이것이 나의 뜻
너를 사랑하는 나의
작은 마음이란다.

작은 생각

홀로 있든지
여럿이 있든지
바닷가 파도 소리
곁에 있든지
산골 나무 아래 있든지

내가 기쁜 생각을 하면
지구가 금세 발갛게
등불 하나 켜 들고 마중 나오고
우주도 발그레
웃음 지으며 손을 내민다

언제든 내가
세계의 중심이고
우주의 가슴이라는 생각
비록 작지만 말이다

이것은 참 좋은 생각이다.

좋은 때

언제가 좋은 때냐고
누군가 묻는다면
지금이 좋은 때라고
대답하겠다

언제나 지금은
바람이 불거나
눈비가 오거나 흐리거나
햇빛이 쨍한 날 가운데 한 날

언제나 지금은
꽃이 피거나
꽃이 지거나
새가 우는 날 가운데 한 날

더구나 내 앞에

웃고 있는 사람 하나
네가 있지 않느냐.

행운

혼자 있을 때
생각나는 이름 하나
있다는 건 기쁜 일이다

이름이 생각날 때
전화 걸 수 있다는 건
다행스런 일이다

전화 걸었을 때
반갑게 전화 받아주는
바로 그 한 사람

그 한 사람이
살면서 날마다 나의 행운
기쁨의 원천이다.

새벽

새벽 시간 잠 깨어
귀가 가렵다

하나님이 천사들이랑
또 내 얘기
하시나 보다.

흔들리며 어깨동무

너무 힘들어하지 마
내가 네 곁에 있잖아
너무 슬퍼하지 마
내가 네 숨소리 듣고 있잖아

네가 한숨을 쉴 때
내가 네 곁에서 함께
한숨 쉬고 있다는 걸
부디 잊지 말아줘

포기는 나쁜 것
어떠한 경우에도
포기해서는 안 돼
포기는 안 돼

너무 괴로워하지 마

내가 네 곁에 있잖아

흔들리며 어깨동무

우리가 함께 가고 있잖아.

꿈속의 꿈

하루의 고달픈 일과를 접고
지금쯤 꿈나라에 가 있을 아이야
부디 꿈속에서 좋은 세상
만나기 바란다

보고 싶은 사람 보고
하고 싶은 일 하고
걱정 없이 웃고 춤추고
노래하기만 하렴
무거운 신발 벗고 맨발로
구름 위를 걷기도 하렴

우리들 세상의
하루하루 날들 또한 꿈
부디 편안한 잠자리
꿈을 꾸고 일어나

내일도 하루 꿈꾸는
세상을 살기 바란다.

소망

비 오는 날이나
흐린 날이라 해도
구름 위에 분명 태양이
빛나고 있을 거라는 믿음이
하루하루 우리를
견디게 한다

달도 없는 밤
하늘 위에 별들이 분명
반짝일 거라는 생각이
때로 우리를 먼 땅으로
떠나게 한다

별에 이르지 못한다 해서
별이 소용없는 거라고
우기지 말자

별을 바라보며 눈물
글썽임만으로도 우리의
몫은 충분한 것이다

홍수 져 강물이 흐려지고 넘쳐나도
다시 강물이 맑아지는 것은
어딘가 맑은 샘물이
솟고 있기 때문이다.

사랑하는 마음 내게 있어도

사랑하는 마음
내게 있어도
사랑하는 말
차마 건네지 못하고 삽니다
사랑한다는 그 말 끝까지
감당할 수 없기 때문

모진 마음
내게 있어도
모진 말
차마 하지 못하고 삽니다
나도 모진 말 남들에게 들으면
오래오래 잊혀지지 않기 때문

외롭고 슬픈 마음
내게 있어도

외롭고 슬프다는 말
차마 하지 못하고 삽니다
외롭고 슬픈 말 남들한테 들으면
나도 덩달아 외롭고 슬퍼지기 때문

사랑하는 마음을 아끼며
삽니다
모진 마음을 달래며
삽니다
될수록 외롭고 슬픈 마음을
숨기며 삽니다.

행복 2

아니야 행복은
인생의 끝자락 어디에
숨어 있는 게 아니라
인생 그 자체에 있고
행복을 찾아가는 길
그 길 위에 이미 있다는 걸
너도 알겠지?

가다가 행복을
찾아가다가 언제든 끝이 나도
그 자체로서 행복해져야
그것이 정말로 행복이라는 걸
너도 이미 잘 알겠지?

오늘은 모처럼
맑게 개인 가을 하늘

너를 멀리 나는 또
보고 싶어 한단다.

오월 카톡

그늘이 푸르니
마음이 푸르고

생각이 고우니
마음 또한 붉어

멀리 있어 더욱
보고픈 아이야

네가 꿈꾸는 세상
자주 여러 번

세상에서 이 지구에서
만나기를 바란다.

초여름

너도 좋으냐?
살아 있는 목숨이

그래 나도 좋다
살아 있는 오늘이.

숲에 들다

날마다 바람이 와서 비밀한 이야기를 들려주고
새들도 비밀한 노래를 가르쳐주지만
나무는 아무에게도 비밀을 발설치 않고
가슴속 깊이 감추어둔다

해마다 나무의 나이테가 늘고
위로만 곧게 자라는 까닭이 그것이다
봄이면 새싹이 나고 꽃이 피어나고
여름이면 녹음 우거져
잎이 지고 가을에 열매가 익는
까닭이 바로 그것이다

비밀이 지켜지는 한 여전히
숲은 아름답다
바람도 아름답고 새들도 아름답고
사라지는 개울 물소리며 사람들까지도

숲속에서는 아름다울 수밖에 없다.

귓속말

바람이 나무숲에 가 속살대고
강물에게 가 하는 귓속말

보고 싶었다 사랑한다

천년 전에도 너에게 했던 말이고
천년 후에도 너에게 주고 싶은 말이다.

향기 2

잘 가라 내 앞에 잠시
예쁘게 앉아 있던 꽃

가서는 잘
살아라
더 예쁘게 살아라

네가 남긴 향기만으로도 나는
가득한 사람이란다.

산수유

아프지만 다시 봄

그래도 시작하는 거야
다시 먼 길 떠나보는 거야

어떠한 경우에도 나는
네 편이란다.

오늘의 꽃

웃어도 예쁘고
웃지 않아도 예쁘고
눈을 감아도 예쁘다

오늘은 네가 꽃이다.

꽃이 되어 새가 되어

지고 가기 힘겨운 슬픔 있거든
꽃들에게 맡기고

부리기도 버거운 아픔 있거든
새들에게 맡긴다

날마다 하루해는 사람들을 비껴서
강물 되어 저만큼 멀어지지만

들판 가득 꽃들은 피어서 붉고
하늘가로 스치는 새들도 본다.

그건 그렇다고

누군가 말했다
오늘은 어제 죽은 사람이 그렇게도
살고 싶었던 바로 그 내일이라고

누군가 또 말했다
그렇다면 당신은 지금 죽었다가
다시 태어나 천국에 사는 사람이라고

어린 강아지풀과
노랑 씀바귀꽃과 분홍빛 패랭이꽃이
그렇다고, 그건 그렇다고
고개를 끄덕여주고 있었다.

풀꽃 3

기죽지 말고 살아봐
꽃 피워봐
참 좋아.

바람에게 부치는 말

바람
나무와 풀들이 숨을 쉬고 있어요

바람
지구가 숨을 쉬고 있어요

바람
우주가 숨을 쉬고 있구요,

바람
아, 나도 숨을 쉬기 시작했어요.

삶

자기가 하고 싶은 일을 하면서
사는 삶이기를!

부디 다른 사람에게 비난받지 않는
그런 삶이기를!

더더욱 다른 사람에게 칭찬받는
그런 삶이기를!

나에게 빌고
너에게도 빈다.

선물

하늘 아래 내가 받은
가장 커다란 선물은
오늘입니다

오늘 받은 선물 가운데서도
가장 아름다운 선물은
당신입니다

당신 나지막한 목소리와
웃는 얼굴, 콧노래 한 구절이면
한 아름 바다를 안은 듯한 기쁨이겠습니다.

아끼지 마세요

좋은 것 아끼지 마세요
옷장 속에 들어 있는 새로운 옷 예쁜 옷
잔칫날 간다고 결혼식장 간다고
아끼지 마세요
그러다 그러다가 철 지나면 헌 옷 되지요

마음 또한 아끼지 마세요
마음속에 들어 있는
사랑스런 마음 그리운 마음
정말로 좋은 사람 생기면 준다고
아끼지 마세요
그러다 그러다가 마음의 물기 마르면
노인이 되지요

좋은 옷 있으면 생각날 때 입고
좋은 음식 있으면 먹고 싶은 때 먹고

좋은 음악 있으면 듣고 싶은 때 들으세요
더구나 좋은 사람 있으면
마음속에 숨겨두지 말고
마음껏 좋아하고 마음껏 그리워하세요

그리하여 때로는 얼굴 붉힐 일
눈물 글썽일 일 있다 한들
그게 무슨 대수겠어요!

지금도 그대 앞에 꽃이 있고
좋은 사람이 있지 않나요
그 꽃을 마음껏 좋아하고
그 사람을 마음껏 그리워하세요.

세상을 껴안다

생각하면 너무 크다
생각하면 너무 작다
너무 멀고도 아득하다

그래도 나는 세상을
껴안을 수밖에는 없다
사랑하기만 한다면 세상과 내가
둘이 아님을 아는 까닭으로

세상아, 안녕!
아침에 일어나 세상과 인사하고
세상아, 안녕히!
저녁에 세상과 작별을 나눈다

날마다 세상 앞에서
나는 아이이고

내 앞에서 세상도
새롭게 아기다.

풀꽃과 놀다

그대 만약 스스로
조그만 사람 가난한 사람이라 생각한다면
풀밭에 나아가 풀꽃을 만나보시라

그대 만약 스스로
인생의 실패자, 낙오자라 여겨진다면
풀꽃과 눈을 포개보시라

풀꽃이 그대를 향해 웃어줄 것이다
조금씩 풀꽃의 웃음과
풀꽃의 생각이 그대 것으로 바뀔 것이다

그대 부디 지금, 인생한테
휴가를 얻어 들판에서 풀꽃과
즐겁게 놀고 있는 중이라 생각해보시라

그대의 인생도 천천히
아름다운 인생 향기로운 인생으로
바뀌게 됨을 알게 될 것이다.

최고의 인생

날마다 맞이하는 날이지만
오늘이 가장 좋은 날이라 생각하고

지금 하는 일이
가장 좋은 일이라 생각하고

지금 먹고 있는 음식이
가장 맛있는 음식이라 여기고

지금 만나고 있는 사람이
가장 아름다운 사람이라고 생각한다면

당신의 인생 하루하루는
최고의 인생이 될 것이다.

고백

사랑해주셔서 감사합니다
지구를 떠날 때
남기고 싶은 말

생각 늘 놓지 않으시어 감사합니다
지구를 떠날 때
다시 남기고 싶은 말

내가 당신한테 꽃인 줄 알았더니
당신이 내게 오히려 꽃이었군요.

축복

처음보다는
나중이 좋았더라

좋았어도
아주 많이 좋았더라

날마다 너의 날들도
그러기를 바란다.

꽃잎 아래

같은 말을 되풀이하고
또 되풀이하고 그런다

꽃이 지고 있다고
꽃잎이 날리고 있다고
비단옷 깃에 바람이 날리고 있다고

가지 말라고
조금만 더 있다가 가라고

사랑한다고
사랑했다고
앞으로도 사랑할 것이라고…….

낙화 앞에

고개를 돌리지 마시기 바라요
부디 찡그린 얼굴 하지 마시기 바라요

나, 꽃이 지고 있는 동안만
당신 앞에 서 있을려고 그럽니다

바람 없이도 펄펄 떨어지는 꽃잎은
당신 발밑에 당신 옷섶에 꽃잎의 수를 놓습니다

더러는 당신 머리칼 위에
어여쁜 머리핀 되어 앉히기도 합니다

부디 슬픈 생각 갖지 말아요
두 눈에 눈물 머금지 마시기 바라요

꽃이 다 지고 나면 나도

당신 앞을 떠나가려 그럽니다.

너의 이름

예슬아
예슬아
소리 내어 부를수록
입술이 부드러워져서

예슬아
예슬아
마음속으로 외울수록
가슴이 따뜻해져서

나는 풀잎
나는 이슬
나는 또 두둥실 하늘을
흘러가는 흰 구름배

너의 이름 부를수록

조금씩 착한 사람이
될 것만 같아서
아름다운 사람이 또
될 것만 같아서.

짧지만 짧지 않은

학교 선생이었다. 그것도 초등학교 선생이었다. 순한 한
여자의 남편이었고 어리고 착한 두 아이의 아버지였는
데 한 아이는 아들이었고 한 아이는 딸이었다. 고향을
떠나 객지에서 살고 있었다. 사연인즉 충청도 학교에서
교감선생을 하고 있었는데 쉽사리 교장으로 승진이 안
되어 승진이 좀 빠르다는 경기도로 학교를 옮겨 근무하
고 있었다. 그러나 옮겨진 학교에서는 더욱 승진이 되지
않아 교감으로 정년의 날을 맞이하게 되어 있었다. 억울
하고 분했다. 서러웠다. 여전히 순한 아내와 착하고 어
린 두 아이와 마주 앉아 으스름 저녁 불도 켜지 않은 방
안에서 밥을 먹고 있었다. 시래기 된장국이 올라 있는
소박하고 가난한 식물성의 밥상. 밥을 먹으면서도 가족
들에게 미안하다는 마음, 일평생이 헛되이 흘렀다는 생
각, 잘못 살았다는 생각 때문에 훌쩍이고 있었다. 할 수
만 있다면 정말 할 수만 있다면 다시 한번 사람으로 태
어나고 다시 한번 시골학교 선생이 되고 지금처럼 순한

아내의 남편이 되고 착하고 어린 두 아이의 아버지가 되어 다시 한번 살아보고 싶었다. 그때는 한번 그럴듯하게 잘 살아 보이고 싶었다. 안타까워 마음 졸이고 있을 때 퍼뜩 잠이 깨어버렸다. 후유, 꿈이었구나! 생시보다 더욱 불행하고 실감 나는 한 토막 짧지만 짧지 않은 인생 드라마.

유언시
— 아들에게 딸에게

아들아 딸아, 지구라는 별에서 너희들
애비로 만난 행운을 감사한다
애비의 삶 길고 가느른 강물이었다
약간의 나이, 문학에의 꿈을 품고 교직에 들어와
43년 넘게 밥을 벌어먹고 살았으며
시인교장이란 말을 들을 때가 가장 좋은 시절이었지 싶다

그 무엇보다도 한 사람 시인으로 기억되기를 희망한다
  우렁차고 커다란 소리를 내는 악기보다는 조그맣고 고운
소리를 내는 악기이고 싶었다
  아들아, 이후에도 애비의 이름을 기억하는 사람을 만나
거든
  함부로 대하지 않기를 부탁한다
  딸아, 네가 나서서 애비의 글이나 인생을 말하지 않기를
바란다

나의 작품은 내가 숨이 있을 때도 나의 소유가 아니고
　내가 지상에서 사라진 뒤에도 나의 것이 아니다
　저희들끼리 어울려 잘 살아가도록 내버려 두거라
　민들레 홀씨가 되어 날아가든 느티나무가 되든 종소리가
되어
　사라지고 말든 내버려 두거라

　인생은 귀한 것이고 참으로 아름다운 것이라는 걸
　너희들도 이미 알고 있을 터,
　하루하루를 이 세상 첫날처럼 맞이하고
　이 세상 마지막 날처럼 정리하면서 살 일이다
　부디 너희들도 아름다운 지구에서의 날들
　잘 지내다 돌아가기를 바란다
　이담에 다시 만날지는 나도 잘 모르겠구나.

잠들기 전에

하루해가 너무 빨리 저물고
한 달이 너무 빨리 간다
1년은 더욱 빨리 사라진다

밤이 깊어도 쉬이 잠들지 못하는 까닭은
다시는 아침이 없을 것만 같아서다

내일 아침에도 잊지 말고 꼭
깨워주십시오
기도를 챙기고 잠을 청해보는 밤

우리에겐 이제 사랑할 일밖엔
아무것도 남지 않았다.

십일월

돌아가기엔 이미 너무 많이 와버렸고
버리기에는 차마 아까운 시간입니다

어디선가 서리 맞은 어린 장미 한 송이
피를 문 입술로 이쪽을 보고 있을 것만 같습니다

낮이 조금 더 짧아졌습니다
더욱 그대를 사랑해야 하겠습니다.

꽃그늘

아이한테 물었다

이담에 나 죽으면
찾아와 울어줄 거지?

대답 대신 아이는
눈물 고인 두 눈을 보여주었다.

못난이 인형

못나서 오히려 귀엽구나
작은 눈 찌푸려진 얼굴

애개개 금방이라도 울음보
터뜨릴 것 같네

그래도 사랑한다 애야
너를 사랑한다.

날마다 기도

간구의 첫 번째 사람은 너이고
참회의 첫 번째 이름 또한 너이다.

가을밤

너 없이 나 어찌 살꼬?

나무에서 나뭇잎
밤을 새워 내려앉는데

나 없이 너 어찌 살꼬?

밤을 새워 별들은
더욱 멀리 빛이 나는데.

어떤 흐린 날

어디 먼 나라에라도
여행 온 것 같아요

방파제 너머 찰싹이는 바닷물이
너의 말을 들었다

그래 그래 지금 우리는 지구라는 별로
여행을 온 거란다

발밑 바람에 흔들리는 개망초꽃이
너의 말에 귀 기울였다

나 떠난 뒤에 너라도 오래 살아
부디 나를 생각해다오

혼자서 중얼거리는 말을

너는 듣지 못했다.

다짐 두는 말

언제고 오늘처럼 살 수는 없는 일
언젠가는 헤어진 날도 생각해두어야 할 일
헤어진 뒤 아픔이나 슬픔도
이겨낼 수 있어야만 한다
그날에도 네가 마음의 빛이 되고
길이 된다면 얼마나 좋을까?
스스로에게 물어본다.

지구에서 이사 가는 날

울지 말아라

부디 울지 말아라

콧물 눈물 흘리며 어푸러지며 쓰러지며

통곡 같은 것은 더욱 하지 말아라

모퉁이 길에서 버스가 스쳐 지나가듯이

공항 같은 데서 비행기가 솟아오르듯이

손을 흔들어라

가볍게 가볍게 손을 흔들어라

다만 꽃 한 송이 꽃밭에서 졌다고 생각하라

새가 한 마리 울었다고 여겨라

이다음 이다음에

너 혼자 두고 나 지구에서 이사 가는 날

나를 두고 부디 울지 말아라.

사랑은 언제나 서툴다

서툴지 않은 사랑은 이미
사랑이 아니다
어제 보고 오늘 보아도
서툴고 새로운 너의 얼굴

낯설지 않은 사랑은 이미
사랑이 아니다
금방 듣고 또 들어도
낯설고 새로운 너의 목소리

어디서 이 사람을 보았던가……
이 목소리 들었던가……
서툰 것만이 사랑이다
낯선 것만이 사랑이다

오늘도 너는 내 앞에서

다시 한번 태어나고
오늘도 나는 네 앞에서
다시 한번 죽는다.

창문을 연다

나는 지금 창문을 연다
창문을 열고
어두운 밤하늘의 별들을 본다

밤하늘에 빛나는 별들
그 가운데에서 제일로
예쁜 별 하나를 골라 나는
너의 별이라고 생각해본다

별과 함께 네가
내 마음속으로 들어온다
내 마음도 조금씩
밝아지기 시작한다

나는 이제 혼자라도
혼자가 아니다

우리는 멀리 헤어져 있어도
헤어져 있는 게 아니다

밤하늘 빛나는 별과 함께
너는 빛나는 별이다
너의 별을 따라 나 또한
빛나는 별이다.

송년

별말이 없어도
잘 살고 있다고 믿어다오.

여행

떠나는 곳으로 다시는
돌아갈 수 없다는 걸 알기까지는
많은 시간이 필요했다.

묘비명

많이 보고 싶겠지만
조금만 참자.

참회

너는 나를 잊어다오
이제 그만 서로
잊는 것이 좋겠다.

나는 파리에 가서도 향수를 사지 않았다

가는 곳마다 나는
사진을 찍고
그림엽서를 사고
조그만 기념품을 사서 모았지만
향수의 나라
프랑스 파리에 가서만은
향수를 사지 않았다
향수를 살 만한 돈이 없어서가 아니라
내가 향수를 좋아하지 않기 때문이다
아내에게서 나는
비릿한 풀 내음
딸아이한테서 나는
향긋한 풀꽃 내음
그걸 향수로 지울 까닭이
없어서였다
내 아내에게서 내 아내의 냄새가 나지 않으면

그녀가 어찌 내 아내일 수 있으며
내 딸아이에게서 내 딸아이의 냄새가 나지 않으면
그 아이가 어찌 내 딸아이일 수 있겠는가
나는 향수의 나라
프랑스 파리에 가서도
향수를 사지 않았다.

향기에 대하여

나는 자연의 향으로 새로운 창조물을 만드는 향기작가입니다. 자연을 흉내 낸 향기가 아니라 자연 그대로를 담은 창조물을 만드는 과정은 영적이고 시적입니다. 자주 숨을 가다듬어 알아차리고, 자연에서 발견하고, 존재하는 것으로 존재하지 않았던 것을 만드는 예술가의 길을 추구하고 있습니다. 결국 나의 선택으로 완결되는 작업이기에 나 자신이 가장 중요한 도구입니다. 그래서 행복한 순간에만 향기를 만듭니다. 내가 만드는 향기에는 나의 에너지가 고스란히 담기니까요.

이른 아침에 작업하기를 좋아합니다. 해 뜰 무렵의 온기가 스민 풀과 꽃들, 나뭇잎과 흙 내음의 조화로움을 사랑합니다. 자연의 향기로 채워진 고요함 속에서 살아 있음을 느낍니다. 잣나무 숲으로 둘러싸인 마을에 살고 있어 감사하게도 아침마다 자연을 가까이, 오롯이 누릴 수 있습니다. 자연은 매일 다른 향기를 선보입니다. 새롭지만 익숙하고, 신선하지만 편안합니다. 숨 너머 마음까지 어루만지는 향기죠. 내가 추구하는 향기의 길이기도 합니다. 만들 때마다 기도합니다. 이 향기가 누군가의 마음에 스며들어 좋은 기억으로 남기를, 친구가 되어주기를. 책을 위한 향기도 그렇게 작업했습니다.

나태주 시인님의 시에서는 향이 납니다. 찬찬히 읽다 보면 향기로운 바람 한 자락이 마음을 스칩니다. 특히「목소리 듣고 싶은 날」이라는 시에 "초록의 풀잎으로 다시 일어서 보는 거야"라는 시구를 만나고 나서 내내 머릿속에, 마음속에 맴돌았습니다. 머뭇거리던 제게 신이 내린 선물 같은 문장이었습니다. 그 시구를 주제로 향을 써 내려갔습니다. 다시 일어설 수 있는 용기와 희망, 충분히 잘해왔다고 말해주는 응원, 잔잔한 위안, 부드러운 어루만짐을 담아서.

더하고 더하고, 빼고 빼고, 다시 처음부터 시작하는 작업을 한동안 계속했습니다. 작업이 제자리에서 맴돌 때면 시를 읽었습니다. 그리고 시를 읽을 수 있어서 참 행복했습니다. 책이 머금을 향이기에 종이와의 어울림도 중요합니다. 완성되었다고 생각했지만 종이가 머금으면 향이 달라져 여러 번 테스트가 필요했습니다. 덕분에 책장의 책들과 노트들이 향기로워졌습니다. 내가 어떤 향을 원하는지는 완성되고서야 알 수 있습니다. 그것은 치유의 여정이고 예술적 결과물입니다.

향기를 만날 때, 사람마다 인상적으로 느끼는 향이 다릅니다. 잘못된 것이 아니라 당연한 일입니다. 경험이 다르고, 냄새와 향에 대한 기억도 다르고, 후각의 상태도 다르니까요. 나에게 처음 느껴지는 향은 마음에 평화를 선물하는 베르가모트와 갈바넘입니다. 맡는 순간 평화로운 초록빛 평원이 떠오르는 갈바넘은 신선한 풀과 잎의 향이 납니다. 나뭇진에서 추출하는 갈바넘 향은 따스하지만 시원하고 명쾌합니다. 치유의 힘이 있죠. 스트레스와 불안, 우울감 해소에 도움을 준다고 알려져 있습니다. 달콤하면서도 스파이시한 향이 나는 바질도 불안감을 줄여줍니다. 여기에 긍정적인 마음가짐을 갖도록 돕는 유칼립투스 라디아타 향이 다가옵니다. 자신을 믿고 나아갈 수 있는 용기를 주는 시더우드 버지니아로 중심을 잡고, 로즈 제라늄과 라반딘 그로소는 마음을 부드럽게 어루만집니다. 그리고 자신의 신념대로 나아가게 해 주는 안젤리카 루트의 매력적인 흙 내음과 달콤한 바닐라 향처럼 부드러운 페루발삼이 잔향으로 남습니다.

향은 겨울에 만들었습니다. 겨울이라 더 좋았습니다. 무엇이든 상상할 때 더 아름다운 법이니까요. 초록을 상상하면서 향을 써 내려갔습니다. 다시 초록이 되는 봄처럼 생명력이 느껴지고 초록에 초록이 더해지는 여름처럼 에너지가 충만한 향기를 바라면서요.

너의 초록으로, 다시

초판 1쇄 발행 2022년 7월 7일
초판 7쇄 발행 2024년 6월 1일

지은이 나태주·한서형
펴낸이 하인숙

기획총괄 김현종
책임편집 김종숙
디자인 studio forb

펴낸곳 더블북
출판등록 2009년 4월 13일 제2022-000052호
주소 서울시 양천구 목동서로 77 현대월드타워 1713호
전화 02-2061-0765 **팩스** 02-2061-0766
블로그 https://blog.naver.com/doublebook
인스타그램 @doublebook_pub
포스트 post.naver.com/doublebook
페이스북 www.facebook.com/doublebook1
이메일 doublebook@naver.com